오후 여섯 시는 사라지지 않는다

시작시인선 0443 오후 여섯 시는 사라지지 않는다

1판 1쇄 펴낸날 2022년 10월 21일
지은이 고경옥
펴낸이 이재무
기획위원 김춘식, 유성호, 이형권, 임지연, 홍용희
책임편집 박찬세
편집디자인 민성돈
펴낸곳 (주)천년의시작
등록번호 제301-2012-033호
등록일자 2006년 1월 10일
주소 (03132) 서울시 종로구 삼일대로32길 36 운현신화타워 502호
전화 02-723-8668
팩스 02-723-8630
블로그 blog.naver.com/poemsijak
이메일 poemsijak@hanmail.net

ⓒ고경옥, 2022, printed in Seoul, Korea

ISBN 978-89-6021-671-6 04810
        978-89-6021-069-1 04810(세트)

값 10,000원

오후 여섯 시는 사라지지 않는다

고경옥

천년의시작

시인의 말

손가락에 잉크가 묻었다
푸른 잉크가 묻은 손가락을 움직일 때마다
자음과 모음이 물고기처럼 펄떡거린다
싱싱한 문장들이 비늘을 달고
쏟아져 나오는 꿈을 꾸다 잠에서 깼다

늘 시 쓰는 일은 꿈같다

차 례

제3부

제1부

사랑, 딱 일주일

길을 가다
꽃집 앞에서 걸음을 멈추고 숨을 고른다

코 속으로 스미는
국화의 살 내음에 황홀하다

한 다발 들고 와 찰지게 사랑하며
보고 또 보고 난 며칠 뒤
화병 속
시들한 꽃다발을 쓰레기통에 넣는다

사랑, 딱 일주일이면 끝이다

주홍글씨

초등학교 삼 학년 때
미군 부대 철조망을 딛고 올라가
아카시아꽃을 따 먹다가
뾰족한 철사에 턱이 찔렸다
달콤한 아카시아꽃을 입에 문 채
쪼그려 앉아 울었다
햇살이 노래처럼 번지자
아카시아꽃이 점점 빨갛게 변해 갔다
눈물이 떨어지자 꽃이 더 빨갛고 달다
오래도록 턱에 꽃잎만 한
상처가 남아 있다
어쩌면 주홍글씨일지도 몰라
아무도 몰래 사랑한 것뿐인데
턱에 글씨가 돋기 시작했다
사랑은 숨길 수 없는 건가
무서웠다 상처는 오래갔다
피가 멈추자 진물이 흐르고
전하지 못한 말이 고름으로 부풀어 올랐다

언제나 울고 나면

온몸 가득 꽃망울이 다닥다닥 맺힌다

점점 독이 올라 팽팽해지는 이름

결국 턱에 남은 선연한 글씨는
끝까지 말하지 못한 짝사랑이다

진다

사월이 오자 벚나무 가지에서
다투어 발진이 시작된다

예고되지 않은 엽서가 도착할 때처럼
잠깐 떨다가 순식간에 퍼진다
붙잡아도
다시는 되돌아갈 수 없는 시간들
붉은 눈으로 물끄러미 바라보는 나뭇가지 위로
하얗게 발진이 번지고 있다

암 병동에 누워 있는
아버지 몸이 벚꽃으로 하얗다
눈썹과 머리카락 사이사이와 팔, 다리까지
곧 지고 말 꽃잎들로 빼곡하다

꽃도 떨어질 때 통증이 있을까

가만히 아버지의 삭은 종아리를 문지른다
말없이 눈 감고 있던 아버지
지금 몇 시나 됐니?

떠나야 할 시간을 가늠하듯

벚꽃잎 한 잎 두 잎 진다

접어야 할 때

책을 읽다가 해독이 불가하면
몇 번을 다시 읽거나
손가락으로 되짚어 보거나
밑줄을 긋다가 그만
책 귀퉁이를 접어 던져 놓거나
영영 잊어버리고 버려두게 될 때가 있다
당신을 읽다가 어려울 때
행간과 행간 사이에서 서성이다가
가만 신발을 벗고 옷을 벗고
목욕을 하거나
책 귀퉁이처럼 마음을 접어
깊숙이 넣어 두고 말 때가 있다
현실은 늘 사실과 같지 않고
마음은 늘 생각과 같지 않다
다시 달려가고 싶을 때
입술을 깨물며 멈추어 있는 것도
사랑일 터

딩동, 수신된 문자 소리에도
차마 당신을 읽지 못하는 나를

이제 먼저 접어서
책꽂이에 꽂아야 할 때

백합 꽃잎 두 장만으로 치명적일 수 있다

꽃에도 독성이 있다는 글에 시선이 꽂힌다
백합 꽃잎 두 장만으로 치명적일 수 있다는
문장에 두 겹의 시선을 긋는다
글 말미에
고양이와 함께 백합꽃을 두지 말라는 당부도 있다
죽을 수 있단다
운 좋은 녀석,
걸을 때마다 곡선의 등줄기가 도도한 고양이는
죽을 수 있는 방법마저 도도하군
늙어 가다 보니
몸이 삐걱거릴 때마다 죽음을 생각한다
아프지 않고
사지를 못 쓰기 전에 곱게 죽을 순 없을까
벽에 똥칠하거나
화장실마저 혼자 드나들 수 없으면 어쩌나
쇼팽이나 드뷔시의 곡을 듣다가 혹은
유행가라도 좋으니
노래를 듣다가 죽었으면 좋겠다
제발 삶을 연장하지 않아도 괜찮으니
보랏빛 립스틱을 바르고

레이스가 하늘대는 블라우스를 입고
넌지시 죽었으면 좋겠다

책갈피의 여백에
백합 꽃잎 한 장씩 모아야겠다고
고딕체로 굵게 메모한다

코스모스 편지

가을엔 편지를 쓰고 싶은 것처럼
꽃이 핀다
말줄임표나 느낌표,
간혹 물음표로 맺힌
꽃잎 깊숙한 끝에서 물소리가 흐른다
미소가 환한 코스모스 편지를
한참 읽는 중이었다
코끝을 대거나
입술을 대거나
손이나 눈으로 만지며
한 자 한 자 읽고 있는 사이,

구름 속에서 빠져나온 비행기가
서서히 다가온다
곧 나를 명확하게 관통하고
다시 아득히 멀어진다
그림자처럼
지난 여름밤의 달처럼
가차 없이 나를 관통하는 너처럼

>
떠나가는 모든 것들은
내게로 와 잠시 머물 때
가장 아름답다

초경初經

중학교 일 학년, 수박이 붉어지던 여름날 초경을 했다 두렵고 아프고 또 아팠다 피가 쏟아질 때마다 별의 뾰족한 각이 아랫배를 찔러 댔다 아무도 모르게 쪼그려 앉아 죄가 있다면 벌을 받아야 된다고 기도를 했다 우리 딸 이제 여자가 되어 가는구나 엄마가 등을 두드려 주며 뽀얗게 삶아 말린 일기장을 서랍 속에 넣어 주었다 일기장은 눈부시게 하얗고 내 몸은 만년필처럼 끝이 뾰족하게 벼려졌다 마구 글씨를 쓰려고 뒤척이다 잠을 이루지 못했다 밤에도 낮에도 붉은 글씨들이 쏟아져 나왔다 만년필은 더욱 예민하게 벼려졌고 식빵 냄새가 그리워 빨리 날이 밝길 기다렸다 식빵 한 봉지를 다 뜯어 먹으며 글씨는 고딕체가 되었다가 명조체가 되었다가 읽을 수 없을 만큼 뭉게져 버리곤 했다

그날 이후 여자가 되어 버린 난 그 많은 글씨들로 일기장의 칸을 채우다 촉을 벼리는 습관이 생겼다 뾰족한 것만 보면 글씨가 쓰고 싶어 안달이 났고 몸속의 것들을 다 쏟아 낼 수 있다고 믿었다 유리창에도 나뭇잎에도 강물에도 닥치는 대로 피를 쏟았다

결국 폐경이 된 지금도 완성하지 못한 시詩를 쓰겠다고

서성이고 있다 별의 뾰족한 각이 찔러 주길 은근히 바라며
아랫배를 만진다

검정

간밤 꿈속에서 활짝 웃던 여자를 생각하느라
베개에 머리를 묻고 자꾸 아련함을 끄집어내다
소리를 들었어요
딩동, 어젯밤에 고인이 되었다는
방금 꿈속에서 본 여자의 남편 부음을 알려 주는
너무 맑은 딩동이 미쳤나 봐요

남편의 초상初喪보다
여자의 초상肖像이 더 아파 입술을 깨무는데
가슴골을 따라
시베리아 골짜기에서 녹은 물을 물고
초록 뱀이 스르륵스르륵 꿈틀거려요

멈춘 시계 속에 갇힌 기절한 어둠처럼
뭐라 해 줄 말이 없어 깨문 혀가
곧 초승달이 되어
비리도록 마른 나목의 가지에서 떨고 있어요

막 나온 육개장에 하얀 쌀밥이 주책없이 맛있네요
고추 넣고 조린 멸치마저 맛있고

하필이면 바람떡마저 바람난 첫 키스처럼 달콤해서 슬
펐어요

이럴 때 입맛이 살아 있는 절 부디 용서하세요

딩동, 알림 음은 언제 들어도 맑기만 하고
여자의 초상肖像은 빨주노초파남보
일곱 색깔 뒤섞은 물감보다 검정, 더 검정이네요

오후 여섯 시는 사라지지 않는다

가을이 가고 나면 빠르게 어둠이 질편하다 미처 추스르
지 못한 마음이 널브러져 있는데 순식간에 번지는 어둠 때
문에 경계를 분간하기 힘들다 가을이 가고 겨울이 오면 어
둡고 스산하다고 밑줄 긋는다 경계가 명확하면 부담스러운
온도가 가끔 유발되기도 하지만 경계가 명확하지 못할 때
혼란은 검은 늪처럼 끈적하다 제발 경계가 희미해야 최선
인 것처럼 다가오지 마라 웃음도 말투도 악수도 마구 흐르
고 넘쳐야 마땅하다는 듯 잡다한 일상마저 나누려는 관계들
이 서툴게 탄 밍밍한 차 맛처럼 지루하다 열정이나 정열 이
런 게 부족한 단순한 부류가 되어 가고 있다는 사실이 조금
걸리긴 해도 뭐든 간단명료한 게 좋다 불꽃 튈 것 같은 사
랑은 이제 영화 속에서나 음미하는 것으로, 자애의 편린을
봉투에 밀봉해 서랍 속에 넣어 둔다 하나가 되기 위해 깎고
자르고 맞추기보다는 너는 너 나는 나로 서로를 지키며 경
계에 꽃을 피우리

가을이 가고 나면 급하게 어둠이 번진다고 해서 오후 여
섯 시가 사라지진 않는다 화분 속이나 엽서 위에도 여전히
오후 여섯 시는 존재한다 주방의 밥솥이나 접시 위에도 젖
거나 튀겨진 여섯 시가 있다 환했던 여섯 시와 어두워진 여

섯 시는 경계가 없어진 게 아니라 여전히 명확하게 식탁 위
에 자분자분 차려진다 여름이어도 겨울이어도 오후 여섯 시
에 전화벨은 울린다

미스 고

간혹 지인들은 날 미스 고라 부른다
아버지가 주신 성姓 때문인지
구성진 트로트 가수의 노래 탓인지

결혼을 했고
찰떡같이 쫄깃한 수많은 밤을 보냈고
아이를 낳았고
무엇보다 엄마가 늙은 것처럼 머리가 세었고
목주름이 선연해진 채 이미 낡아 버렸다
허벅지엔 가늘게 균열이 생겼고
틈만 나면 한숨이 새어 나오기도 한다

사람은 빠르게 늙지만 노래는 늘 그대로다

미스 고,
입 안에서 튀어나오는 순간 볼마저
연어 살처럼 보드랍다
사내들의 고백은 언제든 최선을 다해 뜨겁다
노래 가사처럼
짧은 순간 머물고 간 게 미안해지자

음표가 따갑다

입술에 손등에 허리에 틈만 나면 고백이

끈끈하게 흐른다

그럴 때마다 굴절된 음표의 끝이

땀구멍에 촘촘히 박힌다

노래가 채 끝나기도 전에

개뼈다귀 같은 고백은 순식간에 황혼이다

트로트는 영원해도

고백은 돌아서면 찰나다

인생은 길어도

사랑은 늘 십 센치다

칼긴 요 같아서 아무도 눈치 못 챈 김에

한 번 더 끌어다 쓴다, 십 센치

입술을 단호하게 뗀

김빠진 맥주 캔 위로 일몰이 기어든다

미스 고,

노래는 허기질 때 더 달다

아침은 온다

마법에 걸리듯 서서히 잠이 오지 않는다
누군가 성능 좋은 불면에
드라이아이스를 넣고 정성껏 포장해
선물로 보낸 것일까
견고하고 싱싱하고 녹지 않은 밤이
곁에 누워 있다
향이나 색도 없이 눈 감으면 바다고
눈 뜨면 얼굴 하나 그려지는 치밀한 면面
팽팽했다가 볼록했다가
달이었다가 별이었다가 수런댄다
포기하면 가벼워진다는 말을 믿지만
잠을 포기할 순 없어
날것의 밤을 끌어안고 이렇게 저렇게 애를 쓴다
네가 오지 않아도 가을이 오는 것처럼
잠들지 않아도 아침은 올 것이다

화분 속 제라늄꽃들이 죽고 난 후에도
아무렇지도 않은 척 아침은 온다

개도 안 물어 갈

솔직히 맛있는 거 먹으면
기분이 좋다
어쩌냐, 잘생긴 남자가 웃어 주면
기분이 자꾸 좋아진다
아무리 생각해도
고요 속의 호수를 바라보면
날아갈 듯 기분이 좋다
나도 어미인지라
자식 입에 밥 들어가는 것 보면
그지없이 좋고 또 좋다

팔자다
이러니저러니 제일 기분 좋은 건
개도 안 물어 갈
시 한 편 쓰고 난 후다

해동

냉동실에 얼려 둔 지난봄을 꺼낸다

죽순
엄나무 순
머윗대
위 칸을 가득 채운 봄을 하나씩 꺼내 들여다본다
날짜와 이름이 함께 냉동된 채 숨을 멈추고 있다
아래 칸에 넣어 둔 바다도 꺼낸다
갈치
고등어
조기
지느러미를 웅크린 채 애틋하게 바라본다

봄 사이사이
바다 사이사이
사랑하는 사람의 마음이 얼어 있다

잘 먹고 건강해야지, 아프지 말고

엄나무 순 한 봉지를 꺼내 녹이자

한 번도 잊은 적 없는 목소리가
또르륵 흘러나온다

꽃물

꽃잎을 으깬다
잊고 싶은 기억을 으깨듯
가만히 누르면서 한 잎씩 찧는다
꽃잎에 숨어 있던 햇살이 파르르 떨다가
물방울이 되어 배어 나온다
붉은 물기가 눈물을 닮진 않았지만
묵은 노독이 꽃잎 속에서 한 꺼풀씩 닳는다
이쯤에서 윤기를 위해 별을 섞는다
아침마다 마신 커피로 검게 변했을 속도
촘촘하게 물들일 수 있을까
톡 건드리기만 해도 젖고 마는 눈동자에도
지워지지 않는 꽃물을 올려야지
새콤한 백반과 함께 잘 섞은 달별과
기억과 이름을 조금씩 떼어
손톱 위에 올린다

어린 시절 꽃물을 올려 주던 아버지
담 밑에 봉숭아꽃 줄 맞춰 심던 아버지
꽃에게도 내게도 햇살이던 아버지

\>

늦여름 밤, 봉숭아 물을 들이는데
손톱마다 꽃물보다 먼저
꿈에서만 볼 수 있는 아버지가 앉아 계신다

카시오페이아

지도를 편다

가슴이 시린 이 끝과
발가락이 시린 저 끝을
가만히 손톱으로 누르다가
영영 가닿을 수 없는 사유를 본다

아무리 먼 곳이라도 서너 뼘이면 다 닿을 수 있는
아프리카, 페루, 블라디보스토크
도착 시간을 벽시계에 가둬 접어 두어도
언제든 눈을 짙게 뜨고 골몰하면
손가락 끝으로 이국의 향들이 스며든다
좁고 구불구불한 길에서
고양이가 기댄 가로등이나
별이 떨어져 숨을 거둔 담장이나
움베르토 에코나 테스가
무심코 흘려 놓은 발자국을 줍는다

시폰 치마폭을 펼치듯 지도를 활짝 펴고
볕 좋은 창가에 앉아

조지아, 슬로베니아, 칠레, 로마를 찾아
하이힐이나 통굽을 벗어 던지고 맨발로 걷다가
이리저리 손가락을 댄다
발바닥이 갈라지고 터져 피가 흘러도
집요하게 지도를 훑는다

높게 뻗은 수목들을 헤치고
가만히 손가락을 가져다 대면
언제든 네 목소리 닮은 카시오페이아가 뜬다

신음 소리가 붉다

감자를 깎다가 손가락을 베었다
순간이다
가을 길을 생각하고 있었나 아니면
가을 길 같은 사람을 생각했었나
가늠할 틈도 없이
붉은 피가 뚝뚝 떨어진다
일시에 시월이 밀려왔다가
한 잎씩 빠져나간다
몸속에서 떨어진 가을이 붉다
벌어진 살점 사이에서
떨어진 단풍을 물끄러미 내려다본다
시집 속에 끼워 두었던 나뭇잎이
책갈피에서 우르르 떨어질 때도 쓰렸다
나뭇잎을 다 떨구고 난 나무는
춥다
봄은 다시 와도
너는 다시 오지 않아 춥다
멈추지 않고 단풍이
벌어진 살점 사이에서 떨어져 쌓인다

창밖에선 나무들의 신음 소리가 붉다

끓다

커피포트에서 물이 끓듯
벽시계도 액자도 끓고 있다
선반 위에 가지런히 놓여 있는
꽃다발도 최대한 말라 가며 끓는다
가만 만지면 딱 한 줌인 웃음의 넓이도
이럴 땐 함께 끓는다
책갈피에 끼워 두고 싶은 내 안도
결국 끓는 소리를 낸다
귀 기울이지 않아도
날뛰거나 깨진 생각이 소리를 낸다
서로 부딪치며 달그락거린다

저 혼자 피고 지던 나른한 나팔꽃 위로
뜨거운 햇살 한 줌 끓고 나면
더 푸르거나 붉다

달개비보다 푸른 멍 가득 들이며
끓는 마음들
푸르거나 붉은 꽃이라도 되었으면

제2부

꽃

여자들은 꽃을 보면
눈빛이 파릇해지며 꽃잎 가까이 다가가
눈을 지그시 감고 코끝을 댄다
가슴이 볼록한 화병에 꽂거나 접시 위나 심지어
브래지어나 팬티 위에다
꽃을 한 땀 한 땀 새겨 넣기도 한다

더 많은 남자들은 꽃을 보면
어찌어찌해 보려고 환장하거나 코를 아예 쑤셔 박거나
체하고도 남을 만큼 급하게 꺾으려고 안달이다
화병에 꽂거나 접시 위에 정성껏
꽃을 넣고 싶은 게 아니라
오로지 단단한 자신만을 집어넣고 싶어 한다

여자들은 꽃을 곁에 두고 아껴 보려 하고
남자들은 꽃을 급하게 꺾어 꿀꺽 삼키려다
가끔.

시골집 뒤란에 있는 해피 메리 좋이 된다

천장과 사랑은 네모다

네모 속에 누워서 본 하늘은
어딘가로 떠난 후다
린애나 왁스의 노래로 밤을 색칠하고
가끔씩 참았던 신음 소리가
떠나간 하늘로 올라가 머리를 푼다
네모 속에 누운 네 곁에 네모로 누워
네모난 생각과 네모난 얘기를 한다
천장이 동그랗지 않아서 다행이야
떠난 하늘이 네모 속으로 들어오며
툭 말을 건넨다

학창 시절 엄마가 챙겨 준 도시락 생각이 나자
배가 고프다
무말랭이와 콩자반이 몸을 섞던 도시락처럼
오늘 밤 네모 속에서
너와 내가 무말랭이와 콩자반처럼
서로 섞인다
엄마, 배고파요
배고플 땐 늘 엄마 생각이 난다
냉장고를 열고 서랍을 열고

다시 돌아온 하늘을 열고

너를 열고 나를 열고

서로에게 최대한 고소한 도시락이 된다

나무의 가지가 물가로 다가간다

꼭 전하고픈 마음이 있어
신발을 작은 배처럼 끌어 돛을 달고
다가가려 애쓴 적이 있다
꼭 하고픈 말이 있어
낙엽을 끌어다 자음이나 모음으로 엮어
달에 언어로 일기를 쓴 적이 있다

간절하다거나
지극하다는 건
사람의 일만은 아닌가 보다

제주 여행에서 보았다
올레길 나뭇가지들이
물가로 낭창낭창 가지를 뻗거나
절실한 자세로 허리를 굽혀
더 가까이 물 언저리로 다가가고 있었다

물이 전할 마음이 있는 건지
나무가 전할 마음이 있는 건지

>
햇살을 우산처럼 받치고
닿을 듯 말 듯
애틋하게 서로에게 몸을 기울이는 풍경

그 가지 끝에는
밤마다 일기를 쓰는 사람이
물방울처럼 맺혀 있다

파릇파릇

봄은 나무에서 올까
바람에서 올까

플랫이 붙은 음악을 듣다가 알았다
봄은 몸에서 시작된다는 걸

손가락 사이나 눈동자보다 먼저
저 아래 깊은 곳이 간질거린다

싱싱한 초록 잎을 틔우려는 건지
촉촉하게 물이 고인다

봄은 늙은 여자도
파릇파릇하게 해 준다

자두 노릇

멀리 있을 땐
탐스럽고 싱싱한 한 폭의 풍경화다

한 발 다가가 가지를 잡아당기자
시커먼 구멍투성이의
벌레 먹은 자두

가까운 듯 먼 듯할 땐
친절하고 달콤한 입 안의 과즙이다가
간격이 좁혀지고 알면 알수록
입만 열면 실실 썩은 말이 기어 나온다

자두는 달콤한 과즙을 품고도
썩은 모습 그대로 보여 주지만
벌레가 우글대는 속내를
감추기 바쁜 사람들은

틈만 나면 탐스러운 자두 노릇 한다

아직 여자다

몸속 어디만큼 깊숙한
서랍 속에서
검은 봉지 하나 딸려 나온다
잡동사니 속에서
삐죽 얼굴을 내미는 창백한 생리대
중형 3개, 소형 6개
폐경된 지 헤아리기도 벅찬데
예상 못 한 만남이다
40년이 넘도록
내게 말 걸고 추근대며
때론 꽃까지 피우게 해 주던 곳과
가장 은밀하게 내통했던 생리대
이제는 구석 저 밑에 처박혀
쓸모없이 비루하다

뜨거운 생각이나 색마저 잃어버리고
꿈이나 희망마저 힘없이 접는
폐경된 늙은 여자의 버려진 문패 같다

후미진 부둣가 녹슨 폐선도

여전히 몸이 기억하는 비린내에
파도만 치면 부르르 몸을 떤다

아직 여자다

빵빵한 세상

아파트 상가에 있는 파리바게트,
코발트색 창틀 사이로
빵집의 뱃구레가 훤히 보인다
그 앞을 지나칠 때마다
잠깐씩 갈등을 한다
식빵을 살까
단팥빵을 살까
아니다,
넘치는 탄수화물 섭취를
줄여야 한다는 생각이 들자
그냥 지나친다
오래 살고 싶진 않지만
병들고 싶지 않다는 스스로의 궤변에
픽 웃음이 나온다
지나가던 고양이도 따라 웃는다

사는 게 늘 그렇다
사랑도
이별도
해야 할지 말아야 할지

가늠하다가 늙어 버렸다
뜨겁지도 차갑지도 못하다가
결국 지워진 한 편의 시처럼
시절은 갔다

되돌아가 빵집 문을 민다
코발트색 문을 과감하게 밀고 들어가면
세상은 빵빵하다

쇼팽의 녹턴은 계속 흐른다

책장 뒤에서
낡은 상자를 꽉 채우고 있는
수백 통의 편지를 꺼냈다
묵은 마음이다
미주알고주알 고백한 말들이
벌레 같다
밤새 천둥 번개가 몸서리를 쳤고
잠을 잔 것뿐인데
뼈들이 아프다
버린 마음이 나를 지탱하고 있었던가
쉽게 정리되지 않는 아우성에
가눌 수 없는 신열이 오른다
상자 안에 있던
수십 년 지난 편지 속엔
분명 거짓 없는 네가 있고
차곡차곡 징검다리를 놓는 내가 있다
네가 버린 것들이 어디 약속뿐일까
나무를 가지치기하듯
이제라도 마음에 싹둑 가위를 댄다
함부로 하지 말아야 할 약속에서

피가 흐른다

쇼팽의 녹턴처럼 흐른다

피를 닦고

벌레들을 검은 비닐봉지에 넣고

잘린 뼛조각들을 잘 묶어

쓰레기통에 넣는다

피가 멈춰도

쇼팽의 녹턴은 계속 흐른다

비가 오고

다시 날이 개면

가지치기한 나무들의

열매는 더 단단하고 달다

없어진 것들은 섬이 되나

무의도 저 끝인지 이 끝인지에
이름을 묻어 두었어
가만 생각하니
이름이 아니라 신발이었어
달이 뜨던 여러 날이 지나고
달이 지던 바닷가 뒤편이 닳고 있을 때
야금야금 신발이 자라고 있었어
신발 속에 이름을 넣고
달이 뜨는 날 무의도에 가려고
네가 빠져나간
프레임의 모퉁이를 잡고 있었어
다리가 새로 놓인 무의도를
이제는 배를 타지 않아도
당도할 수 있다는데
이 끝인지 저 끝인지에 묻어 둔
팅팅 붙은 신발을 꺼내
춤을 추며 무의도에 가야지
늘 서쪽으로 지는 해를 따라가다 보면
닳고 있는 바다 뒤편이 울고 있곤 해
신발 속 불어 터진 이름을 꺼내 들고

다리를 건너 무의도에 가야지

없어진 배처럼
없어진 네가 신발 속에서 나와
섬으로 웅크리고 있었어

일기엔 아직도
네 발자국이 선명하게 찍힌
무의도 가는 배가 출항 중이야

난독

읽고 싶은 시집을 몇 권 골라
인터넷 주문을 했다
밑줄 긋거나 메모해 두었던
그리움들을 기다리는 건
최고의 달달함이다
당도當到는 늘 깊거나 짙은 설렘이므로
단숨에 상자를 열고 끈을 풀고
갑갑한 브래지어를 푼다
제일 먼저 펼친 시집에 코를 박고
살냄새를 찾아보려고 저녁밥을 버린다
건조하고 푸석한 애너그램들이
점점 미천한 심사를 건드린다
어디 있는 거지?
꽤나 저명하다는 시인님의 시를
제대로 읽지 못하는
나를 욕하고 싶은 걸 참으며
꿋꿋하게 책장을 넘긴다
어딘가 사람 냄새 나는
풀 냄새나
그녀의 눈물 냄새 나는 언어가 있겠지

누군가 내 시들을 읽다가
지금 나처럼 욕하고 싶을까 봐
인내하다 결국 터진다
시발 뭐야

길을 읽다

1

봄 길은 걸을 때마다 발자국이 찍힌다
힘주어 걷지 않아도 콕콕 찍히는 초록의 발자국들
낡은 신을 신어도 발자국은 또렷하고 날것의 향이 난다
구석진 어둠 속에다 달이 밀어 넣어 둔 빛에도
터진 고목의 등에도 초록은 태연하게 돋아난다

2

여름 길은 한 입 베어 문 수박처럼 붉거나 습기로 자욱하다
크게 한 입 베어진 왼쪽 가슴 아래께에 둥지를 튼
그리움 나부랭이가 곪기도 한다
때론 전깃줄에 걸린 저녁놀이 울상으로 쳐다보다가
재빠르게 짓무르기도 한다
담장 너머에서 고양이 울음소리가 전설처럼 번지는 밤이
길다

3

가을 길은 사방이 물감이고 당신이다
숨길 수 없는 고백이고 터져 나오는 노래다
소설 속 아림이고 시 속 저림이다

고향 동두천처럼 아득하고 만질 수 없는 별처럼 따갑다
닦아도 닦아도 뿌연 돋보기로 읽는 문장들이 일어서며
길이 된다
옷 속에 손을 집어넣고 천장을 올려다봐도
죄의식에 시달리지 않고 길들이 지워진다
이쯤에서 나뭇잎들이 떨어질 수 있어 다행이다

4
겨울 길은 노래마저 얼지만 손바닥은 언제나 부드럽다
버려진 빈 깡통도 의자도 늘어지게 늦잠을 자는 길들
그 위엔 성경이나 불경과는 상관없는 햇살이
보풀처럼 바글바글 돋으며 무량하게 웃는다
다신 볼 수 없는 내 아버지 대신
지나가는 낯선 노인의 건강을 빌고 있는 길 끝에서
종소리가 폭죽처럼 퍼진다
포인세티아가 멈추지 않는 산란으로
크리스마스가 풍성해지길 바라는 순간,
눈이 쏟아지거나 춤을 춘다

이유 없이

눈물이 날 것 같은 저녁, 재빠른 하늘이 먼저 운다 죽고 싶은 걸 어느새 눈치챈 고양이가 서둘러 자동차 아래로 뛰어든 건 아닐까 길가에 아무렇지도 않게 뒹구는 마스크를 보면 징그럽다 희거나 검은 침묵 속에 묻어 있던 타액들이 땅속으로 스밀까 봐 두렵다 민들레나 보도블록 사이에서 간신히 삐져나온 들풀까지 사람들처럼 마스크를 쓰면 어쩌나 자동차 아래서 가엾게 죽은 고양이처럼 스르르 눈을 감아 버리면 어쩌나 사는 게 불시에 날카로운 모서리에 긁힌 상처처럼 쓰리다 돌이킬 수 없는 과거는 이제 분명 과거일 뿐 일상은 마스크 속에서 침묵을 유지하며 살아 내야 한다는 뉴스를 듣자 쓰리던 상처가 깊은 한숨을 뱉는다 이유 없이 눈물이 날 것 같은 저녁, 재빠른 하늘이 먼저 울고 눈치 빠른 고양이가 죽어 버리자 모서리에 긁힌 손목에 결국 곪은 가을이 노랗다

능소

비가 오지 않아도
비가 온다
뚝뚝뚝
아침 내내
저녁 내내
습기로 질척하다
막 파이기 시작한 그 위로 여전히
비가 오지 않는데
비가 온다
가만 들여다보니
내 안의 움푹 파인 능소는
바로
네가 두고 간 발자국이다

다 때가 있다

43년 만에 폐업하는 부산의 한 목욕탕에서
알몸 사진전이 열렸다
다 때가 있다
사진전의 제목이다

날 때가 있고 죽을 때가 있고
찾을 때가 있고 잃을 때가 있고
웃을 때가 있고 울 때가 있고
만사엔 다 제때가 있다고
손대광 사진작가는 말한다
서로 등을 밀어 주거나 웃는 노인의 얼굴
목욕탕 내에 있는 이발소 풍경과
그 천진한 알몸들이
43년 된 목욕탕만큼 낡았지만 정겹다

사랑에도 이별에도
떠나거나 만나는 일에도
다 때가 촘촘하게 끼어 있는 것처럼

우리 몸 구석구석에도 때가 있다

발바닥이나 머릿속이나 눈 속까지
언제든 문지르고 떨쳐 버리고 거품 내고
미련 없이 씻고 헹궈 내야 하는 때

사는 일엔 다 때가 있다

시계추

새로 산 벽시계의 추가 새 모양의 목각이다

쉬지 않고
울지 않고
밤낮없이 정교하게 움직이기만 한다

시간을 끌고 새가 난다
침묵이 금이란 요즘
모두 마스크를 쓰고 팔짱을 끼고는
최대한 거리를 유지한다
훨훨 새는 쉬지 않고 너를 끌고 간다
벗어 놓은 신발과
막 새싹이 돋기 시작한
달과 별을 온통 끌고 가는 날개
네 냄새가 밴 벽지를 툭 건드리다가
그대로 침묵하며
반대쪽으로 스쳐 지나간다
초침과 분침이 서로 비껴 지나가는 사이
미처 손 내밀지 못하고
차마 손잡지 못하고

각자 등을 돌리고 밥솥에 쌀을 안치고
안녕, 해가 식어 가며 진다

네게 내가 전해지길 바라며
목각의 날개 위에 엽서를 얹지만
소인이 찍히지 않은 안부는 무효다
그대로 흐르는 크로노스와 함께 바스락 말라 간다

사랑이라고 말해도
안녕이라고 각인되는 침묵이 침울하다

울 틈도 없이
지금을 흘려보내려고
연신 움직이는 시계추

염장

무릎과 무릎 사이에 얼굴을 묻고
시간을 세고 있었어
생밤 같은 밤을
손가락을 꼼지락거리며 세고 있었어
눈 속에선 하얀 찔레꽃이 부서진 채 떨어지며
발등을 볼록하게 덮고 있었어
머리카락에서도 꽃이 피고 있었지
색이 익은 입술 위에도
젖멍울 끝에도
찔레꽃 작은 잎들이 피고 있었어

피기 시작한 꽃잎들이
한 잎씩 떨어지며 몸을 절이고 있었어
발등을 다 덮고 나면
서서히 모두 덮어 버리겠지

갈라진 몸의 틈을 비집고 무언가 빠져나갔어
거울 앞에서 춤을 출 때
몸속에 있던 달이 도망치듯이
꽃잎으로 절여진 몸 안에 누워 있던 네가

찔레꽃 하얀 잎들을 밟으며 가고 있었어

다만 여름이 가는 것처럼
아무렇지도 않게 태연하게 밥을 먹고 있었어
밥을 먹으며 알맞게 시간들은 절여지고 있어

고혹

하늘이 젖어 있는 날
근육질의 나무가
툭,
가랑잎 한 잎 떨어트린다

하필이면 막 건널목을 건너려는 여자의
가슴 사이로 쏙 들어가는
발기한 붉은 잎

제3부

엄마 냄새

딱 하루 반나절만 엄마가 오신다면
된장국을 끓이고 갈치를 구워
맛난 밥상을 차려 드리고 싶다는
어느 시인의 시를 읽다가
문득 부끄럽다
마음만 먹으면 매일이라도
된장국에 노릇하게 구운 갈치를 앞에 놓고
함께 웃을 수 있는 엄마가 있는데
전화도 제대로 하지 않는 무심한 딸년이다
야야, 만두 빚어서 얼려 놓을게
와서 가져가거라
농사도 짓지 않으면서 들기름 콩 단감 생선까지
열심히 사다가 쟁여 놓고
보따리 보따리 약손으로 묶어 두는 엄마

꽁꽁 묶은 보따리를 가지고 와
하나씩 풀어 냉장고에 넣고 문을 닫는다

밥을 먹을 때마다 엄마 냄새가 난다

내리사랑

구순의 엄마가 보내 준 닭을 꺼내 찬물에 헹군다
푸욱 고아서 먹어라
손질까지 말끔하게 한 생살을 만지는데
엄마 목소리가 다시 들린다
인삼 황기 대추 밤 마늘
냉장고에 있던 재료들을 싹 쓸어
닭과 함께 압력 밥솥에 넣고 끓인다
막 지나가던 노을에 섞여 밥솥이 씩씩 돌아가고
그럴듯한 향이 저녁을 메운다
구수한 엄마 냄새가 점점 짙어질 때쯤
밥상을 차리고 음악 방송에 채널을 맞추고
뽀얀 국물을 한 수저 뜬다
맛있다, 왜 이렇게 맛있는 거야
집 나가 혼자 살고 있는 아들 생각에
국물의 뜨거운 김이 훅 눈으로 스민다

맛있는 거 먹을 땐 꼭 생각나는 사람

엄마는 평생 딸을 생각하고
그 딸은 언제나 제 새끼를 먼저 생각한다

스노우 볼

덮어 놓은 노트북 위는 겨울이다

　사월도 겨울이고 팔월도 겨울이다 시를 쓰다 말고 덮어 놓은 검은 노트북, 말없이 날 바라보던 너처럼 눈을 꼭 감고 있다 언제든 살짝 손만 대면 설레던 기억처럼 눈이 내린다 차를 마시다가 책을 보다가 통화를 하다가 고독이 통속적으로 흘러 들어올 때마다 툭 만지면 쏟아지는 눈, 대답하듯 노래하듯 시를 뿌리듯 쏟아지는 눈 속에 어느새 들어가 앉아 있는 발이 시렵다 눈 속에 발을 묻고 부르는 노래가 들린다면 네가 나뭇가지를 들어 올리고 길을 돌아 눈에 덮인 징검다리를 후후 불며 건너올 것 같다 커튼을 걷고 창문을 열어 놓는다 스노우 볼 안엔 어둠이 없고 노을이 없고 꽃과 바다가 없어 서운하지만 네가 없어 가슴이 깡통처럼 소리를 낸다 평생 녹지 않고 평생 녹슬지 않는 노래가 너였다고 눈 위에 쓰고 나니 다시 별빛 눈이 퍼붓는다 아직 겨울은 이르고 12월도 아니고 자비를 베푸는 산타가 없는 한 줌뿐인 세상이지만 눈이 별처럼 쏟아지는 투명한 적요

　밤이 새도록 깡통 소리가 댕강댕강 들린다

옥수수

카톡 알림 음과 함께 선물이 도착했다
옥수수를 좋아한다는 말을 기억하고
보내온 깊은 마음이다

껍질을 벗기고 옥수수 수염을 떼어 내어
가지런히 들통에 누인다
달큰한 지난 어떤 밤을 골라 약간 풀고
소금도 몇 꼬집 풀어 물을 채운다

마음에 질량만큼 물을 붓고 나면
곧 불이 당겨진다

달달달 달달달
마음이 부딪치는 소리가 달게 들릴 때쯤
빼꼼 뚜껑을 열고
열매가 뜨거움을 집요하게 빨아들이는 모습을
몰래 훔쳐본다

물과 불의 뜨거움을 삼킨 옥수수를 꺼내
앉은자리에서 세 자루나 먹어 치운다

>

그날 밤,

심장 어딘가에 박힌 열매가 다시 씨앗이 되어

머리카락과 팔, 다리가 점점 푸르러지는

꿈을 꾸었다

대못

벽에 걸린 오래된 액자를 떼었다

떼어 낸 건 사진일 뿐인데
시커멓고 견고한 상처가 버티고 있다
콘크리트 벽에 깊숙이 박혀 있는
대못은
벽의 돌이킬 수 없는 카르마

한때는 웃는 모습들을
단단하게 받쳐 주었던
든든한 대못

옷을 갈아입다가도
청소를 하다가도
침대 위를 정리하다가도
무심결에 눈이 가면
흠칫 놀라는 시커먼 자국

만남은 모두에게 설렘을 주지만
떠남은 언제나 가슴에 대못이 박힌다

\>

액자를 내릴 때
함께 뽑아 내지 못한 대못은
깊숙이 박혀 속을 후비는
뽑히지 않는 업보다

이별

가지런한 신발 위로
훌훌 옷을 벗어 던진 눈이 쌓이고
시계의 시침과 분침이
돌아 버린 어떤 날의 기억처럼 돌아가며
시간이 베어진다

아무리 가까이 다가가도
더 이상 향기를 느낄 수 없을 때
너처럼 뜨거운 입술을 가진 차를 마신다
깨진 별들이 찻잔에 스며들어 혓바닥에 촘촘히 박힌다
더 살고 싶니?
잘게 반짝이는 별들이
차와 함께 혓바닥에 박히며 묻는다

알몸의 붉은 눈이 가슴 밑으로 간지럽게 쌓여요
바람이 돌담에 벼린 날을 세우고 다가와
살점처럼 베어진 시간을 싹둑 떼어 가요

바다 끝에서 노을에 걸려 넘어진 발자국이
난독증에 휘청거리다가

툭툭 털고 일어나며 중얼거린다

시간은 모두 죽었어

꽃이 미쳤다

진달래, 개나리가 피는 봄날
가을도 아닌데
화들짝 핀 코스모스를 보고
사람들은 저것 좀 봐, 꽃이 미쳤어
제철도 아닌데 별꼴이야 말한다

바다나
빗방울만 봐도
시도 때도 없이 설레다가
저 혼자 때도 없이 무작정 꽃이 되는
나도 참 별꼴이다

꽃이 미쳤다

테이크 어 픽쳐

찰칵,

네가 날 오래 들여다본다

위쪽인지

아래쪽인지

천천히 혀로 읽던 기억을 찾아낼 듯

심오하게 한쪽 눈을 감는다

손가락을 움직일 때마다

내가 낸 소리들이 풍경 소리 닮지 않았어?

밀착된 눈보다 조금 더 심오하게

건반 닮은 손가락을 댄다

내 몸과 웃음의 농도

그리고 모자의 빛까지 가늠한다

허리를 약간 틀고

사랑해요, 막 눈빛을 보내자

착각,

사랑은 늘 눈 감은 한 장의 사진이다

모자 여행

모자를 쓴다
바쁘지 않지만 바쁜 척 재빨리 시동을 건다
지난번엔 초록색 골랐으니 와인색을 쓴다
여행을 떠나고 싶거나
꼬박꼬박 배고플 때마다 모자를 쓴다
서랍 속 빨강 노랑 꽃무늬 모자들이
반성이나 추억의 자세로 엎드려 기다린다
속이 허할 땐 역시 밥보다 모자가 최고야
페도라 비니 헌팅캡 베레모
모두 알맞게 깊고 볼록하다
먹어도 사라지지 않는 둥근 달처럼
추근거리지 않는 적당한 깊이의 늪처럼 은밀하다
어제 쓴 페도라엔 엉겅퀴 꽃씨를 넣어 두었다
언제고 번식할 태세로 팽팽하다
체크 헌팅캡엔 완성 못한 문장을 칸칸이 채우고
굳이 열쇠를 채우진 않는다
지우기에 좋고 잊기에 제격인 모자
거짓보다는 솔직하게 웃으며
태양 아래를 당당하게 걷는 둥근 걸음걸이가 좋다
겸손하게 구는 법도 배우고

분노를 숨기는 절제의 방식도 익힌다
어둡다고 절망하지 않고
묵묵하게 가야 할 길처럼
길게 자라는 머릿속 상상을 위해
모자는 여행을 떠난다

조지아에서 온 엽서

벽 위에 빈틈없이 글자가 새겨져 있다
손가락으로 한 자씩 짚어 본다
미처 헤아리지 못한 마음이
벽에 박혀 그대로 엽서가 되었나
조지아의 낯선 거리를 배회하는
덩치 큰 개들 탓일까
도통 읽히지 않는다

문장들이 데려가 주길 바라는 것도 모른 채
있는 대로 폼을 잡아 사진을 찍고
무심하게 석류 주스를 마신다

모스크바를 지나 12시간의 비행 끝에
현관문을 열고 냉장고를 열고
얼려 둔 눈물을 마시고 다시
세탁기를 돌리고 빨래를 갠다
변한 건 없지만 화분 하나가 죽어 나갔고
여전히 음악이 라르고하게 흐른다

핸드폰 갤러리를 열어

조지아, 아르메니아, 아제르바이잔
꽃 하나가 죽어 가는 동안 머물렀던 곳의
풍경들을 촘촘하게 들여다본다

환하려고 애쓰는 얼굴 뒤로
수많은 글자들이
우표도 없이 수신되었다

사연이 빼곡하다

영원은 없다

약속 같은 거 함부로 하지 마세요
죽을 때까지라든가
맹세코라든가
세상에 없는 영혼처럼
어디에도 없는 영원을 다짐하지 마세요
먼지 한 톨 훅 불어 버리는 것보다
더 쉽고 아무렇지도 않게 꽃들은 떨어졌다가
곧바로 몸을 섞어 다시 피기도 합니다
수국이나 능소화보다 훨씬 질긴 인연은
담장 위나 담장 아래 기대어
더 이상 영원이 되지 않을 겁니다
어차피 여차하면 비가 내리고
감당하기 어려운 물에 발이 잠깁니다
고스란히 상처는 남겨진 사람의 몫이니
운명이라는 화인만 믿고
약속 같은 거 함부로 하지 마세요

덜컹, 꽃들이 떨어지기 전에
웃으면서 질겅
세상 어디에도 없는 영원을 씹어서
빛보다 빠르게 삼켜 버립니다

서점

햇살이 살결을 자랑하는 오후 두 시
조일수록 엉덩이가 부풀어 오르는 청바지를 입고
소문이 무성하거나 비밀이 압축된 곳으로 간다

짙푸른 나무 사이사이 가지런히 차려진 밥상

백석의 오래된 시들과
문정희 시인의 양귀비꽃 머리에 꽂고
현장 비평가가 뽑은 올해의 좋은 시와
몇몇 시인들의 시집을 뒤적이는데
봄날 통통해진 잎들처럼
연신 내 몸 어딘가에서 물 흐르는 소리가 들린다

플라타너스가 하늘과 손잡고 파래지기 전에
초승달이 바람과 눈 맞아 열매 되기 전에

팽팽한 책갈피 속에서 만찬을 즐긴다

마리 앙투아네트

빵이 없으면 쿠키를 먹으면 되죠
그럼요, 빵 대신 거울이 좋아요
수시로 흐르는 눈물을 조심스레 닦으려면
거울이 필요하고 말고요
쉿, 늙어 가는 과정이라고 말하지 마세요
노안이나 안구건조증보다
근사한 말 얼마든지 있잖아요
루이, 목걸이 말고
영혼이나 소통, 심장 이런 것 좀 부탁해요
그대로 눈을 꽉 감아 버리고 싶지만
책갈피에 깊이 넣어 둔 금빛 심장이
자꾸 눈에 밟혀서요
시월이 오면 감나무에 반짝 걸어는 봐야죠
핑계 같지만
이래저래 눈을 감는 것도 쉽지는 않네요
빵 대신 봉인된 달의 언어를 먹고 싶거든요

루이, 영혼이 없으면 영감이라도 주세요
수염이 긴 영감이나 모자가 근사한 영감 말이에요
이젠 빵 뜯는 것도 지겨워서 그래요

>

빵 대신 거울 대신

문장을 수리할 영감靈感이 필요하다구요

쪽잠

아버지가 암 진단을 받고 병원에 입원하신 후 엄마는 아
버지 침대 아래 의자에서 며칠째 쪽잠을 주무신다 칫솔, 치
약, 스킨, 로션을 챙겨 가방에 넣고 어릴 적 학교 갈 때처럼
무거운 발걸음으로 향한다 숙제를 하지 않았으므로 예습이
나 복습 같은 걸 잊고 있었으므로

엄마, 집에 가서 편히 주무셔 오늘 밤엔 내가 병원에서
잘게 뭐여, 얘가 뭔 말을 하냐 엄마는 괜스레 큰 소리로 말
한다 난 여그 의자가 무지 편해야 잠도 솔솔 잘 오고 을매
나 편한지 몰러

육십 년을 아버지 아래서 쪽잠을 잔 엄마는 단 하루도 널
찍한 방에서 불편하게 자고 싶지 않았던 걸까 다리를 쭉 뻗
으면 발목이 잘려 나갈지도 모를 프로크루스테스의 침대처
럼 불온하고 딱딱한 무척이나 편하다는 의자에 엄마는 지
금도 누워 있겠지

숙제를 하지 못한 딸년의 한숨을 눈치챈 걸까 살다 보면
예습이나 복습을 제대로 못 할 때가 종종 있더라 집으로 가
는 길, 힐끔 쳐다본 신발 가게 유리창에 머리카락이 하얗게
센 엄마가 서 있다

배알도 없다

점심밥을 먹으러 식당엘 갔다
맛집인 건가
이쪽도 저쪽도 북적댄다
휴지 좀 주세요
젓가락이 없어요
점원을 부르려다 벨을 찾는다
벨도 없냐
앞에 앉은 친구가 툭 말을 던진다
어쩐지 내게 하는 말 같다
그러게 벨이 없네
가 버린 달을 위해 노트를 펴고
연필을 깎고
연못을 파고 물을 채우고
그 속에 다시 똑같은 달이 차오르길
봄 여름 가을 그리고
겨울 내내 기다리곤 한다
참 밸도 없다

보라색 본 적 있나요

혹시 보라색 본 적 있나요?
약간 눈이 부신 듯
더 약간은 맛이 간 듯
보드랍다 못해 숨이 막힐 듯 간지럽고
쳐다만 봐도 무엇이든 설렘이 되는 신기루
울고 나면 더 보라고
웃고 나면 바이올렛이었다가
배고플 땐 짙게 번진 퍼플이었다가
욕하고 싶어질 때는 시퍼러둥둥 멍든 보라
일곱 살 때 아버지 손잡고 치마는 치마인데
꼭 보라색이어야 한다고
시장 구석구석을 찾아다닌 시절 맞은 보라
그때 빙긋 웃던 아버지 볼도 분명 보라였다
사랑하면 다 보라색이 된다는 걸
누구에게도 말하지 말아야지
아침에 일어나면 보라색 핀을 머리에 꽂고
세상 가장 미친 척 웃으며
창문을 열고 하늘을 올려다본다
누가 알아, 하늘에 보라가 가득할지
가 버린 발자국도 보라고

구름도 나무도 길도 다 보라였던 적이 있었거든
로마의 율리우스 카이사르 황제는
본인 외엔 아무도 입지 못하게 했다는 보라색
바다에 사는 소라의 분비물로
보라색을 만들던 시절엔 1그램의 색을 위해
만 이천 마리의 소라 분비물이 필요했단다
갑자기 티셔츠에서 스커트에서
소라의 아우성이 들리는 듯 소란스럽다
혹시 보라색 본 적 있나요?

네가 뱉은 가을

머리카락이나 손가락이 가을 같다고 느낄 때 신발도 차려 신지 않고 가을은 떠나간다 이미 뒤도 돌아보지 않고 몸을 던지며 추락하는 나뭇잎들은 결코 떠남을 두려워하거나 눈물 흘리지 않는다 가슴이나 어깨에 숭숭 뚫린 구멍에 사유하거나 집착하지 않고 가장 낮은 땅에 납작하게 눕는다 가끔 들리는 라흐마니노프에 반응하지만 들풀의 안부에 먼저 손을 내민다 누군가 어두운 밤이나 질척한 새벽에 뱉어 놓은 가을, 그의 신음에서 막 씨앗이 터지고 있는 풍경을 목격하곤 라흐마니노프의 볼륨을 다시 올린다 바람이 불면 여전히 눈물이 흐르지만 그건 안과 의사에게 치유받지 못한 의학적 눈물일 뿐이다 내 눈을 들여다보던 너의 눈은 나뭇잎 위에 있던 딱 그 구멍이었다 내가 보거나 만지거나 마신 둥글거나 때꾼한 눈들이 나뭇잎 위에 구멍이었다니

뱉어 놓은 가을에선 네 눈과 네 눈 속에 있던 구멍들로 수북하다 라흐마니노프의 볼륨을 올리고 있는 나도 네가 뱉은 가을이다 손가락에서 국화 향이 난다

제4부

관계

비가 온다 감나무 잎을 통과한 빗방울이 영화음악 속으로 스며 음표가 된다 빗소리인지 음악 소리인지 분간할 수 없는 게 혼돈인가 갸우뚱거리며 커피를 끓인다 커피가 묽다 커피 속으로 빗방울이 스며든 게 분명해 일 년 전쯤 내가 했던 행동이 못마땅했다고 생뚱맞게 말하는 여자 앞에서 소름이 끼친다 불쑥 떨어지는 낙엽에 맞아 죽을 수도 있겠다는 생각이 들자 통증이 느껴진다 기억에도 가물가물한 일을 기름종이에 적어 놓은 것처럼 말하는 볼록한 입술, 커피가 묽은 건 내가 제대로 가늠하지 못한 잘못된 조율 탓일 터 그녀 말대로 친하지도 않으면서 친한 척한 것도 죄가 된다면 묽은 커피를 마셔도 마땅하다는 생각이 든다 앞으론 친한 사람하고만 손잡고 숙하해 주고 셔안아아 딸까 묽은 거피를 마시며 여전히 난 얄궂거나 때론 못마땅한 사람에게도 친한 척 손을 내밀 생각이다 진한 커피가 때론 지겹다 속이 쓰리다 빗방울과 영화음악과 묽은 커피 속으로 타협이 음표와 섞여 흐른다 이제부터 관계는 묽다

피아노와 접시

일어나기 싫은 아침
혼자 침대 속에서 뒤척거리다가
어제 아니면 그보다 훨씬 전에 떠난
접시 같은 이름을 굴린다
어디선가 피아노 소리가
덜 익은 포도주처럼 흘러들어 온다
저이도 식구들이 모두 나간 후
접시 같은 이름을 굴리며
피아노 앞에 앉았겠지
시고 떫은 선율이지만
그냥 정이 간다

내 서툰 기억과
저이의 서툰 피아노 선율을
접시 위에 올려놓고
포크 날 같은 기억으로 콕콕 찍는다

언제나 서툴게만 살고 있는
올록볼록한 시간들이
신랄하게 찍혀 혀 위로 올려진다

\>

접시를 다 비우지 못한 아침이
서툰 피아노 선율에 맞춰
캉캉캉 돌아간다
냉큼 접시 위로 올라가
춤을 춘다

시큼한 피아노 소리가 점점 따뜻하고 정이 간다

첫,

첫,

을 혀끝으로 톡톡 건드려 본다

제일 먼저 아리고 그 다음 두근거린다

때론 부끄러운 먹구름도 스민다

살아가는 이유 중 하나는 언젠가 약속처럼 다가올

아름다운 죽음이 있기 때문

죽을 수 없는 삶은 끈끈하고 시커먼 늪이다

네가 가고 나뭇잎이 가고 내가 가도

평생을 썩지 않고 죽지 않고 살아남아 있을

첫,

은 새끼발가락처럼 고독하고 애잔하다

고향 동두천처럼 스산하다

어릴 적 떠났지만 심장에 가지런히 찍혀 있는

철길과 논둑길처럼 선연하다

골방에 세 들어 살던 양색시 하이힐처럼 서럽다

마루 끝에 내다 버린 휴지 뭉치 속 식빵처럼 아프다

언제고 어디서고 죽지 않을

첫,

은 영원히 첫일 뿐 끝도 첫이다

탁자

그 앞에서 시를 쓰고
꿈을 꾸고
짭쪼름한 시를 쓴 시인을 흠모하고
책을 뒤적거리고
아직 잊히지 않은 김정호를 듣고
재즈를 듣고
티브이 채널을 돌리고
바싹 다가가 밥을 먹기도 한다
커피의 농도를 가늠하고
필사를 하고
만년필 속에다 바다를 밀어 넣는
황홀한 행위를 한다
비가 소주처럼 날리는 날엔
그 위에 엎드려 사색에 살을 찌우고
머리카락이 동백나무 가지처럼 자란다
자는 시간을 빼곤
거의 그 앞에 있었다 이젠,

항상 곁에 있던 아버지가 떠나신 것처럼
탁자의
모서리에서 마른기침 소리가 들린다

칫솔을 입에 물고

잎이 푸른 벤자민이 말한다
안녕하냐고
아침에 일어나 칫솔을 입에 물고
애인에게 다가가듯 화분 앞에 선다
헐렁한 티셔츠 위로 간신히 삐져나온
여자의 파인 쇄골에 햇살을 얹어 주며
벤자민이 웃는다
아프지 말라고 중얼거리며
그 옆에 커피나무와 크로톤과
동백나무의 잎들을 차례로 만져 준다
그들도 벤자민과 똑같이 여자를 쓰다듬고
눈 맞추며 웃는다
소리를 듣고 살결을 느끼고 서로 말을 한다
함께 밤을 보내고
그 밤을 푼 차를 마시고
여자 대신 샹송을 듣다가 울어 준다
햇살이 울음을 핥고 유리창이 바다가 되는 오후,
잎사귀들은 바스락대며 문장을 게워 낸다
벤자민 잎은 쉽게 마르니
자주 적셔 줘야 한다는 꽃집 주인의 말을 떠올리며

말랑한 구름이 되어 비를 뿌린다
칫솔을 입에 문 여자의 숨겨 둔 얘기만 들려줘도
잎들엔 서둘러 물방울이 맺힌다
물기가 과할수록
사람이나 식물이나 썩기 마련이지만
여자에겐 적당한 습기가 삶이다

도색

지울 수 있다고 믿고 싶을 뿐
지워지는 건 없다
장마가 계속되자
나무가 그대로 선 채로 걷고
지붕이 바닥과 재회하는 사이
자동차도 냉장고도 흐른다
이별이라고 말하지 않아도
모든 건 흐르면서 떠난다
끊임없이 밤이 깊어지는 것처럼
끊어질 듯 위태롭게 술을 퍼붓는 것처럼
빗줄기가 계속 페인트로 변해 뿌려진다
낡은 가구에 색을 칠하기 전
바탕에 묻어 있는 오랜 기억을
젯소로 가려야 하지만
장맛비는 마구 뿌려져
가리기 힘든 밑바닥이 얼룩얼룩 드러난다
너조차 눈치 못 챈 외로움을
젯소와 페인트와 바니시로
차례차례 덧칠해 광을 내지만
무엇으로도 지울 수 있는 건 없다

밖엔 여전히 폭우가 범람하고
페인트 때문에 밤은 점점 검게 변해 간다
붓의 터치가 잦아질수록 색이 짙다

이별박물관

크로아티아의 자그레브에 있는
이별박물관엔
자물쇠, 도끼, 레코드, 개 목걸이, 자전거,
반 토막 난 침대 매트리스……
이런 것들이 있단다
잊고 싶은 것들을 박물관에 보내면
전시해 준단다
연인과의 이별, 죽음, 외도한 상대에 대한 분노
사연도 물건도 다양하다

정말 잊고 싶은 걸까
이별하고 싶은 게 맞는 걸까

잘 보관하고 관리돼서
아마도
더 싱싱하고 견고하게
영원해질 거란 생각이 든다

문득 내가 이별박물관에 보낼 건
아무래도 웬수 같은 시詩뿐인 거 같다

봄,

봄,
하고 말하면
혀끝에 대롱 햇살이 맺힌다
꽃잎이 아장거리고
손톱 위로 꽃물이 들고
나무 아래까지 햇살이 다리를 쭉 뻗는다

당신을 봄,
하고 말하면
뼈 속까지 쏙쏙 웃음이 고인다
때노 없이 별이 뜨고
반찬 없어도 밥이 꿀맛이고
어깨 너머 등 뒤마저 환해진다

봄도, 당신을 봄도
내겐 모두 연필로 쓴 편지이고
생각만 하면 파래지는 바다다

간절하게 촘촘하게

어쩌다 보니 등 뒤에 서게 되었다
눈썹이나 입술의 움직임을 보며
가을을 맞고 싶었는데
버석거리는 가을 나무 같은 어깨와
그 잎 같은 야윈 등을 보며
허함을 견뎌 내고 있다
조금씩 커지는 구멍 때문에
곧 무너질 듯 위태롭지만
하루를 견디고 열흘을 견디고
다시 또 하루를 더 견뎌 내고 있다
정체 모를 망연과 안쓰러움과
끝내 젖고 마는 그리움이 섞이면
이런 색이 되는구나
내가 만들어 낸 색이란 걸 알아차린다면
가을은 어쩌면
순식간에 봄이 될지도 모른다
그래, 잘된 거야
지금 거리는 가장 가을답다
그 속에 서 있는 나도
저 멀리 등을 보이고 서 있는 당신도

모두 가을이다

간절하게 촘촘하게 물들고 있다

그래도 12월

바람도 꼭 너 같은 바람이 빈 꽃병에 와 꽂힌다 지루해 쌓아 둔 두껍고 근엄한 책 더미 옆에 꽃병을 놓고 아침에도 저녁에도 말을 건다 그래도 살아 있다고 페이소스인지 굴 소스인지 꾹 찍어 입에 넣으며 안부를 전한다 가끔 창문에 얼굴을 대고 울다 보면 비가 내리고 꽃병에 꽂힌 너 같은 바람이 어느새 비가 되어 다시 꽂힌다 살다 보면 가시는 선인장에만 있는 건 아니라고 장미가 참견할 때 바람에 수없이 시달려 억세진 엄나무 순이 진지하게 손가락을 찌른다 아직밥도 먹지 않았는데 피가 흐른다 가끔 너 없이도 비가 흐르고 뼈 속까지 깊게 비가가 흐른다 비참과 비창이 이런 순간에 떠오르는 건 좀 웃기는 일 같아 눈물이 쏙 들어간다 겨울에도 웃을 수 있구나 손이 시리고 머리가 시리고 눈이 시린데도 웃는 자랑스러운 성깔에 부탁인데 세상에서 가장 독한 자비 한 잔만, 애걸이든 구걸이든 힘껏 외치며 숙면처럼 못해 본 자비를 반성한다 끔찍한 웃음 뒤에서 비슷하게 웃는 타락한 희망을 비벼 끄되 성급하게 밟아 비비지는 말자고 유언처럼 느리게, 약속 시간 늦었을 땐 유독 더 게으른 신호등처럼 가능한 천천히 가급적 찬찬히 다짐한다 봄이 온다해도 냉동실에 넣어 둔 엄나무 순은 더 이상 자라지 않지만

114

단호하게 가시가 돋는

그래도 12월

개와 늑대의 시간

맥주 딱 한 캔으로 적멸할 수 있다고

믿었던 건 아니다

시를 쓰다 보면 가끔 띄어쓰기가 전혀 되지 않고

주루룩 글자들이 붙어 버리고 마는 것처럼

삶은 늘 예기치 않은 불신과 배신으로

주루룩 붙어서 함께 딸려 온다

분명 숨 고르기나 줄 바꾸기를 했는데도

노트북 자판기는 제멋대로 일시에

글자를 늘어놓는다

곧 지우거나 수정할 수 있는

참신한 세상을 들여다보며

그래도 시 쓰길 잘했다고 탄성하다가

지우거나 수정할 수 없는 삶 앞에선

슬몃 돌아앉아

맥주 한 캔을 놓고 적멸을 꿈꾼다

어차피 어디에도 나는 없고

강물 위에서 그토록 갈급하던 윤슬의 존재도

눈 몇 번 떴다 감으면 언제나 어디에도 없다

있다고 믿어도 사라지는 것들을 손가락으로 짚으며

뼈가 녹아내리는 개와 늑대의 시간 속에서
딸깍, 맥주를 딴다

아직 봄

병실에 들어서자
훅 민들레 향이 번진다
누구니?
아부지, 경옥이 왔어요
봄이 아직 남아 있니?
낡은 창틀 같은 아버지 손을 잡고
아부지 노래 좋아하잖아
노래 틀어 드릴까?
싫어, 다 싫어
봄이 남아 있는지 궁금한 아버지를
휠체어에 태우고
달팽이처럼 가만가만 공원으로 간다
몸이 아프니 다 귀찮아, 노래도 귀찮아
초록 바람이 하늘을 덮은 공원은
아직 봄이다
너 휠체어 아주 잘 미는구나
환갑이 다 된 난
아부지 나도 이제 다 컸어
괜스레 씩씩하게 목소리를 높인다
아기처럼 쪼그리고 앉은 아버진

윙윙 돌아가는 휠체어 바퀴를 바라보다가
다 컸다는 딸 때문에 흐뭇한 걸까
그 좋아하는 노래도 싫다더니
민들레처럼 노랗게 웃으신다

꿈과 꿈

녹녹한 기운이 훅 스미더니
익숙한 실루엣이 다가왔어
저리 가라고
거짓말을 온화하게 하며
날 속이고 간 그때처럼
저리 가라고
단호하게 몸부림을 쳤어
손바닥으로 힘껏 밀어내다가
돌처럼 차가운 심장이 닿아 흠칫 놀라서
잠에서 깼어

거짓으로 모든 걸 버렸지만
죽은 이처럼 딱딱한 가슴이 되길
기도하진 않았는데

사진을 없애고
이름을 지우고
개새끼, 욕을 했었던 거는 같다

괜히 욕했나

>

꼭 간절한 꿈이랄 건 없지만
부디 말랑한 가슴으로
어디서든 두 발 뻗고 잘 살길

그럼에도

여행이 취소되었다
출판기념회가 취소되었다
결혼식이 취소되었다
저녁이 취소되고 점심이 취소되고
웃음이 취소되었다
온다던 햇살이 취소되고
길들이 취소되었다
결국 행복이 하나씩 취소되고
마스크 속 입술이 취소되고
내가 너에게
네가 나에게 취소되고 말았다

그럼에도,
담장 위와 보도블록 틈과
가로수와
자전거 바퀴 사이사이에
취소되지 않고
봄 햇살이 폴폴 날리고 있다

싱싱한 봄이다

명화

비 내리는 공원을 걷는다
나무들도 벤치도 풀들도 어느새
한 폭의 수채화로 칠해지고 있다
하늘에선 계속 빗물이 흐르고
알맞은 색감들이
알맞은 모양에 쏙쏙 스민다
저만치 앞에서 우산을 쓰고 노부부가 걷고 있다
산책 나온 노부부의 머리카락 위로
은빛 물감이 내려앉았고
걸음걸이엔 잘 익은 황혼의 색이 묻어 있다
할머니가 비에 섞을끼 봐 걱정할수록
자꾸 할아버지의 한쪽 어깨가
물빛으로 짙어진다
우산이 할머니 쪽으로 점점 기울자
내리던 비가 조금씩 주춤거린다

산책 내내 명화를 보았다

모과 청

나뭇가지가 휘도록 매달린 모과를 봤는데
그건 오류였다
나무에 걸려 있는 건 바로 잘 익은 달이라는
전언을 들어 버린 것이다
향을 안구眼球 깊이 집어넣으며
하나씩 떼어 낸 남자는
정성스레 헹구어 낸 다음,
단단한 몸을 두드려 얇게 저민다
한 점 또 한 점 노란 속살에서 물이 맺히고
그때마다 달콤한 설탕만큼 간절한 손길로
잘 말린 유리병에 켜켜이 누인다
속살, 설탕, 손길이 차례대로 유리병 가득
초승달로 차오른다

두부를 꺼내려고 했던가 냉장고를 여는데
문득 초승달이 환하다
일 년이 지나고
꽃이 폈다가 져도
남자가 빚은 초승달은 유리병 속에도
내 입 속에도 새콤하게 남아 있다

향이 밴 선한 남자의 안구眼球가 데굴,

지난여름 바닷속에서 솟아올랐던
딱 그 비릿한 달을 품고 모과로 맺히더니
다시 익어 가느라 저 멀리 바다를 끌어들인다

소국 앞에 서다

꽃집 앞을 지나는데
노란 웃음이 발목을 잡는다
화분 가득 만개한 소국을 두고
그냥 지나쳐 오는 건
사랑을 버리고 오는 일처럼 허전한 일
노란 웃음과 손잡고 집에 돌아와
자리에 앉힌다
오며 가며 눈을 맞추고
노래를 흥얼거리며 그의 향을 혀에 얹는다
이제 올가을엔
저 촘촘한 웃음이면 족하다
물을 흠뻑 줘야 꽃이 잘 핍니다
꽃집 주인의 말대로
물에다 춤과 노래까지 섞어 뿌려 주고는
코를 바싹 대고 어루만지다가
고마워, 내게로 와 줘서
나도 모르게 중얼거린다
어디서 풍선이 부풀어 오르는지
덩달아 젖가슴이 부풀고
고마워, 내게로 와 줘서처럼 달콤한 몸짓으로

소국 앞에 선다
낯선 듯 아닌 듯
삶인 듯 아닌 듯

글을 쓰거나 책을 뒤적거리는 일 말고
어젯밤 본 영화 속 여자처럼 단추를 푼다
소국처럼 노랗게
소국처럼 빈틈없는 향으로
내게로 와 줘서 고마워 젖가슴이 다시 부푼다

해 설

이 힘든 세상에서 시 쓰기로 낙을 삼아

이승하(시인, 중앙대 교수)

　　인류가 지금 다 함께 아프다. 건강했던 사람이 아프고 병약했던 사람이 쓰러진다. 어언 3년째 인류는 코로나 19 바이러스와 전쟁을 하고 있는 중이다. 자, 이런 때 시를 쓴다는 것은 어떤 의미가 있을까. 통신수단이 고도로 발달해 있지만 우리 인간은 지금 소통이 안 되는 시대, 고립과 단절이 일반화된 시대를 살고 있다. 2년 동안 정책적으로 거리두기를 실시했지만 거리에 나가 보라. 이제는 마스크조차 무용지물이 되고 말았다. 백신을 맞았다고 감염이 되지 않으면 얼마나 좋으랴. 아프면 아픈 대로 살아갈 수밖에 없는 시대다. 바이러스에 감염이 되는 것도 운명이고 생명현상이 끝나는 것도 운명이다. 그리고, 우리는 모두 다 언젠가는 고독사할 운명이다. 하지만 이런 운명을 거부하는 존재가 있으니 바로 시인이다. 시인은 자신의 아픔은 물론 타인의 아픔까지 민감하게 파악해 내는 신통력을 갖고 있다. 비극이 만연해 있는 이 지상에서 그래도 세상살이의 온기를 감지해 낸다. 생로병사의 비의를 캐내고 희로애락의 진의를 파악한다. 운명을 거역하는 햄릿 같은 왕자이며 국가 전복을 꿈꾸는 체 게바라 같은 혁명가이다.

신을 길게 발음하면 시인이 되고 시인을 짧게 발음하면 신이 된다. 신이 혼자서 지상의 모든 인간을 경영할 수는 없다. 그래서 언어의 연금술사인 시인에게 인간 경영을 일부 위탁한 것인지도 모른다. 고경옥 시인의 세 번째 시집을 읽고 있자니 이런 생각들이 뇌리를 스친다.

시인의 유년기 회상에 먼저 귀를 기울이게 된다. 경기도 양주 태생인 시인은 어린 시절의 추억 중 미군 부대 철조망을 딛고 올라가 아카시아꽃을 따 먹다가 뾰족한 철사에 턱이 찔린 일을 어제 일처럼 선명하게 기억하고 있다. 양주는 의정부, 동두천과 함께 미군 부대가 오랫동안 주둔했던 곳이다. 2002년에 효순이와 미선이가 미군 탱크에 깔려 죽은 곳도 양주시 광적면 효촌리 소재 56번 지방 국도 갓길에서였다.

　　초등학교 삼 학년 때
　　미군 부대 철조망을 딛고 올라가
　　아카시아꽃을 따 먹다가

뾰족한 철사에 턱이 찔렸다

달콤한 아카시아꽃을 입에 문 채

쪼그려 앉아 울었다

햇살이 노래처럼 번지자

아카시아꽃이 점점 빨갛게 변해 갔다

눈물이 떨어지자 꽃이 더 빨갛고 달다

오래도록 턱에 꽃잎만 한

상처가 남아 있다

어쩌면 주홍글씨일지도 몰라

아무도 몰래 사랑한 것뿐인데

턱에 글씨가 돋기 시작했다

사랑은 숨길 수 없는 건가

무서웠다 상처는 오래갔다

피가 멈추자 진물이 흐르고

전하지 못한 말이 고름으로 부풀어 올랐다

—「주홍글씨」부분

턱에 꽃잎만 한 상처가 남아 오래갔는데, 시인은 이것을
몸에 새겨진 주홍글씨로 생각하기로 한다. 상처의 극복이
라고 할까 승화라고 할까, 흉터의 의미를 재해석하기로 한
다. 시인은 어느덧 사춘기가 되어 짝사랑할 대상이 생겼나
보다. "결국 턱에 남은 선연한 글씨는/ 끝까지 말하지 못한
짝사랑"이라고 한다. "아무도 몰래 사랑한 것뿐인데/ 턱에
글씨가 돋기 시작"했으니 기이하면서도 신비스럽다. 원래

주홍글씨는 미국의 소설가 너새니얼 호손의 『주홍글씨(The Scarlet Letter)』가 원작으로서 목사와 간통을 한 헤스터 프린, 질투에 불타는 그녀의 남편 칠링워스 의사, 간통을 괴로워하는 목사 딤즈데일, 사생아 펄 등 네 사람의 심리 갈등을 묘사한 작품이다. 남편보다 먼저 보스턴에 이주해 온 젊고 아름다운 헤스터는 교회 목사 아서 딤즈데일과 사랑하게 되어 펄이라는 사생아를 낳는다. 헤스터의 가슴에 붙여진 주홍색의 'A'라는 머리글자는 이야기 서두에서는 간통(Adultery)을 의미하지만 이야기가 진행되면서 유능(Able)이나 천사(Angel)의 의미를 내포하게 된다. 헤스터와 딤즈데일의 한때의 사랑은 숭고미를 띠는 반면 칠링워스는 악마 같은 존재로 그려짐으로써 선악의 구도가 바뀐다. 시인은 이런 원작과는 무관하게 주홍글씨를 사랑의 표식으로 인식하여 독자에게 전달한다. 짝사랑은 고통을 동반하게 마련인지, "피가 멈추자 진물이 흐르고/ 전하지 못한 말이 고름으로 부풀어 올랐다"고 하면서 짝사랑에 빠졌던 시절을 고통스럽게 회상한다.

화자는 어느덧 중학교 1학년이 되었다. 그해 초경을 했던 일을 떠올린다. 자신의 몸에서 저절로 나는 피를 보았으니 얼마나 놀랐을까.

중학교 일 학년, 수박이 붉어지던 여름날 초경을 했다 두렵고 아프고 또 아팠다 피가 쏟아질 때마다 별의 뾰족한 각이 아랫배를 찔러 댔다 아무도 모르게 쪼그려 앉아 죄가 있

다면 벌을 받아야 된다고 기도를 했다 우리 딸 이제 여자가
되어 가는구나 엄마가 등을 두드려 주며 뽀얗게 삶아 말린
일기장을 서랍 속에 넣어 주었다 일기장은 눈부시게 하얗
고 내 몸은 만년필처럼 끝이 뾰족하게 벼려졌다 마구 글씨
를 쓰려고 뒤척이다 잠을 이루지 못했다 밤에도 낮에도 붉
은 글씨들이 쏟아져 나왔다 만년필은 더욱 예민하게 벼려
졌고 식빵 냄새가 그리워 빨리 날이 밝길 기다렸다 식빵 한
봉지를 다 뜯어 먹으며 글씨는 고딕체가 되었다가 명조체가
되었다가 읽을 수 없을 만큼 뭉게져 버리곤 했다

　　　　　　　　　　　　　　　　　　　　　　—「초경」 부분

　사람에 따라 조금씩 다르겠지만 중학교 1학년 때의 초경
경험은 좀 빠른 것인가? 아무튼 화자는 그 경험 이후 "내 몸
은 만년필처럼 끝이 뾰족하게 벼려졌다"고 한다. "밤에도
낮에도 붉은 글씨들이 쏟아져 나왔다"는 것은 일기를 썼다
는 것인데, 심리적인 불안과 초조, 방황과 좌절을 글로 썼
다는 것이리라. "글씨는 고딕체가 되었다가 명조체가 되었
다가 읽을 수 없을 만큼 뭉게져 버리곤 했다"는 구절을 보니
시인의 사춘기가 영 순탄치 않았음을 알 수 있다. 질풍노도
의 시대가 누구에게나 한 번은 오는 법이다. 그런데 이 시
의 중요함은 마지막 연에 있다.

　　결국 폐경이 된 지금도 완성하지 못한 시詩를 쓰겠다고
　서성이고 있다 별의 뾰족한 각이 찔러 주길 은근히 바라며

아랫배를 만진다

—「초경」부분

여성이 자신의 몸이 폐경이 되었다고 얘기하는 것이 결
코 쉽지 않은데 시적 화자는, 아니 시인은 어느덧 폐경이
되었음을 고백한다. 이 나이가 되어 시를 붙들고 있는 것
도. 아랫배를 만지면, 아가의 방이 아니라 시의 뱃심이 만
져지는 것이리라. 생리대를 쓰지 않게 된 어느 시점에 처박
아 둔 생리대를 발견하고는 자신의 육체에 대해 이런저런
상념에 잠겨 본다.

몸속 어디만큼 깊숙한
서랍 속에서
검은 봉지 하나 딸려 나온다
잡동사니 속에서
삐죽 얼굴을 내미는 창백한 생리대
중형 3개, 소형 6개
폐경된 지 헤아리기도 벅찬데
예상 못 한 만남이다
40년이 넘도록
내게 말 걸고 추근대며
때론 꽃까지 피우게 해 주던 곳과
가장 은밀하게 내통했던 생리대
이제는 구석 저 밑에 처박혀

쓸모없이 비루하다

—「아직 여자다」 부분

폐경이 된 것이 언제였더라? 생각을 해 보니 아슴푸레하
다. 회임이 가능했던 몸에서 그것이 불가능하게 된 시점까
지의 삶을 회상해 본다. 결혼과 출산과 육아, 자식 교육과
남편 뒷바라지에 생이 다 가 버린 것일까. 그 과정이 계속
해서 무병 무탈이었다면 얼마나 좋으랴. 그런 사람은 드물
다. 사람의 몸이 기계가 아닌 이상 생로병사의 쳇바퀴에서
벗어날 수 없다. 기계도 녹이 슬고 고장이 나는데 하물며 유
한자인 인간의 몸이니.

뜨거운 생각이나 색마저 잃어버리고
꿈이나 희망마저 힘없이 접는
폐경된 늙은 여자의 버려진 문패 같다

후미진 부둣가 녹슨 폐선도
여전히 몸이 기억하는 비린내에
파도만 치면 부르르 몸을 떤다

아직 여자다

—「아직 여자다」 부분

폐경이 됨으로써 여성으로서의 정체성을 잃고 "뜨거운

생각이나 색마저 잃어버리고/ 꿈이나 희망마저 힘없이 접
는" 신세가 되고 말았지만 화자의 몸이 여전히 기억하는것
은 생리혈의 비린내다. 이 시에서 '파도'는 생리 주기를 말
한다. 생리대를 보고 몸이 부르르 떨리니 아직은 내가 여자
인 것이다. 유년기 추억담을 좀 더 들어 보자.

어린 시절 꽃물을 올려 주던 아버지
담 밑에 봉숭아꽃 줄 맞춰 심던 아버지
꽃에게도 내게도 햇살이던 아버지

늦여름 밤, 봉숭아 물을 들이는데
손톱마다 꽃물보다 먼저
꿈에서만 볼 수 있는 아버지가 앉아 계신다
　　　　　　　　　　　　　　　　—「꽃물」부분

　화자의 아버지가 무척 자상하시다. 담 밑에 봉숭아를 심
고 봉숭아 꽃물을 손톱에 들여 주던 아버지니 얼마나 자상
한 분인가. 하지만 세월은 아버지를 암 병동으로 데려간다.
꿈에서만 볼 수 있는 아버지의 초상이 독자의 가슴을 아프
게 한다.

암 병동에 누워 있는
아버지 몸이 벚꽃으로 하얗다
눈썹과 머리카락 사이사이와 팔, 다리까지

곧 지고 말 꽃잎들로 빼곡하다

꽃도 떨어질 때 통증이 있을까

가만히 아버지의 삭은 종아리를 문지른다
말없이 눈 감고 있던 아버지
지금 몇 시나 됐니?
떠나야 할 시간을 가늠하듯

벚꽃잎 한 잎 두 잎 진다

—「진다」 부분

이런 시를 보면 인간의 생로병사는 당연한 수순인데 우리
인간은 영원히 살 것인 양 욕심을 부린다. 남을 해코지하기
도 하고 그 정도가 심해 옥살이를 하기도 한다. 한 치 앞을
내다볼 줄 모르는 것이 우리 인간이다. 부부가 해로하다가
한 사람이 병마에 들리면? 남은 한 사람이 무진장 힘들어진
다. 화자는 어머니의 쪽잠이 너무나 안타깝다.

아버지가 암 진단을 받고 병원에 입원하신 후 엄마는 아
버지 침대 아래 의자에서 며칠째 쪽잠을 주무신다 칫솔, 치
약, 스킨, 로션을 챙겨 가방에 넣고 어릴 적 학교 갈 때처럼
무거운 발걸음으로 향한다 숙제를 하지 않았으므로 예습이
나 복습 같은 걸 잊고 있었으므로

엄마, 집에 가서 편히 주무셔 오늘 밤엔 내가 병원에서 잘
게 뭐여, 애가 뭔 말을 하냐 엄마는 괜스레 큰 소리로 말한
다 난 여그 의자가 무지 편해야 잠도 솔솔 잘 오고 을매나 편
한지 몰러

―「쪽잠」 부분

여기 병원의 의자가 무지 편하다, 잠도 솔솔 잘 오고, 얼
마나 편한지 모르겠다는 말은 거짓말이다. 하지만 딸은 엄
마의 그 거짓말을 부정할 수 없다. "육십 년을 아버지 아래
서 쪽잠을 잔 엄마는 단 하루도 널찍한 방에서 불편하게 자
고 싶지 않았던 걸까"는 역설적인 표현이다. 남편을 병원에
두고 집의 널찍한 방에서 자는 것은 불편한 잠이고, 이곳 병
실의 침대 아래 의자에서 자는 잠은 편안한 잠이라고 하니.
부부간의 진한 사랑을 느낄 수 있는 대목이다. 아버지는 또
다른 시편에서는 주인공으로 등장한다.

봄이 남아 있는지 궁금한 아버지를
휠체어에 태우고
달팽이처럼 가만가만 공원으로 간다
몸이 아프니 다 귀찮아, 노래도 귀찮아
초록 바람이 하늘을 덮은 공원은
아직 봄이다
너 휠체어 아주 잘 미는구나
환갑이 다 된 난

아부지 나도 이제 다 컸어
괜스레 씩씩하게 목소리를 높인다
아기처럼 쪼그리고 앉은 아버진
윙윙 돌아가는 휠체어 바퀴를 바라보다가
다 컸다는 딸 때문에 흐뭇한 걸까
그 좋아하는 노래도 싫다더니
민들레처럼 노랗게 웃으신다

—「아직 봄」 부분

부녀지간의 대화가 정겹다. 하지만 병상에 있는 아버지와 도우미의 역할을 하는 딸의 대화 내용이 왠지 쓸쓸하다. 아버지의 봄맞이가 이번이 마지막일지 모르기 때문이다. 그 아버지가 먼 곳으로 가신 이후에 고경옥 시인은 더욱더 시작에 몰두하게 되었나 보다. 유한한 인간이 무한정 살 수 있으려면? 그렇다면 신이 되는 수밖에 없다. 죽음은 이미 정해진 '기정사실'이기에 시인은 시를 씀으로써 신의 위임을 수행하는 것이다.

팔자다,
이러니저러니 제일 기분 좋은 건
개도 안 물어 갈
시 한 편 쓰고 난 후다

—「개도 안 물어 갈」 부분

읽고 싶은 시집을 몇 권 골라

인터넷 주문을 했다

밑줄 긋거나 메모해 두었던

그리움들을 기다리는 건

최고의 달달함이다

당도當到는 늘 깊거나 짙은 설렘이므로

단숨에 상자를 열고 끈을 풀고

갑갑한 브래지어를 푼다

제일 먼저 펼친 시집에 코를 박고

살냄새를 찾아보려고 저녁밥을 버린다

건조하고 푸석한 애너그램들이

점점 미천한 심사를 건드린다

—「난독」부분

앞의 시는 시인의 변인데 무척 유머러스하다. 뒤의 시는
독자로서의 바람이다. 시집을 읽는 이유도 좋은 시를 써 보
고자 하는 열망 때문이다. 시인은 쓰는 사람인 동시에 읽는
사람이다. 추억을 떠올리고 사회현상에 민감하고 인간사에
관심이 많다. 이번 시집에 팬데믹 현상을 직접적으로 다룬
시는 잘 안 보이지만 이런 시는 코로나 사태를 은유와 상징
의 기법으로 다룬 시가 아닌가 한다.

여행이 취소되었다

출판기념회가 취소되었다

결혼식이 취소되었다
저녁이 취소되고 점심이 취소되고
웃음이 취소되었다
온다던 햇살이 취소되고
길들이 취소되었다
결국 행복이 하나씩 취소되고
마스크 속 입술이 취소되고
내가 너에게
네가 나에게 취소되고 말았다

—「그럼에도」 부분

2020년과 21년 두 해 동안 정말 거의 모든 행사가 취소되었다. 인륜지대사인 결혼식은 가족 간에 조촐하게 치러졌고 장례식은 부의금 송금으로 간소화되었다. 웃음이 취소되고 온다던 햇살이 취소되고 길들이 취소되었다. 거의 모든 집회가 금지되었다. 신을 만나는 종교 집회도 금지되었다. 상대방과의 거리 두기가 예의가 되었다. 마스크 쓰기가 배려가 되었다. 인류가 지구에 출현한 이래 이런 일은 없었다. 마스크 속 입술이 취소되었으니 연인 간에 키스도 이제 하기 어렵게 되었다. 행복이 하나씩 취소되고 내가 너에게, 네가 나에게 취소되고 말았다. 자, 이제 어떻게 할 것인가.

그럼에도,
담장 위와 보도블록 틈과

가로수와
자전거 바퀴 사이사이에
취소되지 않고
봄 햇살이 폴폴 날리고 있다

싱싱한 봄이다

—「그림에도」 부분

    대안은 백신 접종이나 집단 방역이 아니다. 마스크 착용
이나 거리 두기가 아니다. 봄 햇살이 폴폴 날리는 봄, 즉 자
연이다. '그럼에도 불구하고' 우리를 도와줄 것은 자연이라
는 것이 시인이 내린 결론이다. 자연自然이 왜 자연인가. 스
스로 자에 그러할 연이 아닌가. 스스로 그러한 자연에 대해
우리는 경외심을 갖기는커녕 개발한다면서 학대하고, 친화
적으로 대한다면서 피괴한다. 이번 시집의 주요 시편에는
대체로 문명 비판과 자연 예찬의 메시지가 숨어 있다. 그리
고 그 연장선상에는 시 쓰기가 있다. "문득 내가 이별박물
관에 보낼 건/ 아무래도 웬수 같은 시詩뿐인 거 같다"(「이별박
물관」)를 보면 고경옥 시인은 현실의 모든 고민을 시 쓰기를
통해 극복하고자 하는 문학주의자다. 식사 때의 탁자가 보
통 때는 글을 쓰는 장소가 된다.

그 앞에서 시를 쓰고
꿈을 꾸고

짭쪼름한 시를 쓴 시인을 흠모하고

책을 뒤적거리고

아직 잊히지 않은 김정호를 듣고

재즈를 듣고

티브이 채널을 돌리고

바싹 다가가 밥을 먹기도 한다

커피의 농도를 가늠하고

필사를 하고

만년필 속에다 바다를 밀어 넣는

황홀한 행위를 한다

—「탁자」 부분

　이런 과정을 지겨워하면 시를 쓸 수 없다. 탁자 위가 시인
의 놀이터요 게임판이다. 화자는 "필사를 하고/ 만년필 속
에다 바다를 밀어 넣는" 탁자 위의 불한당이다. 만년필 속
에다 바다를 밀어 놓는 황홀한 행위를, 트인 공간에서 하
고 있다.

비가 소주처럼 날리는 날엔

그 위에 엎드려 사색에 살을 찌우고

머리카락이 동백나무 가지처럼 자란다

자는 시간을 빼곤

거의 그 앞에 있었다 이젠,

항상 곁에 있던 아버지가 떠나신 것처럼

탁자의

모서리에서 마른기침 소리가 들린다

—「탁자」 부분

시인은 말한다, 자는 시간을 빼고는 거의 그 탁자 앞에
있었다고. 탁자 모서리에서 마른기침 소리가 들린다고 하
는데, 기침 소리의 주인공은 고경옥 시인 자신일 것이다.
이 삭막한 시대에, 그래도 할 수 있는 일이 시 쓰기뿐이라
고 말한다. "누군가 내 시들을 읽다가/ 지금 나처럼 욕하고
싶을까 봐/ 인내하다 결국 터진다/ 시발 뭐야"(「난독」)를 보
고 웃음을 터뜨린 독자는 나만이 아닐 것이다. 난해하지 않
은 시, 그러면서도 인간 생로병사의 비의를 추구한 시를 읽
고 싶다면 고경옥 시인의 시를 읽으면 된다. 시발, 시의 발.
시인은 언제나 길 위에 있다

평계 같지만

이래저래 눈을 감는 것도 쉽지는 않네요

빵 대신 봉인된 달의 언어를 먹고 싶거든요

루이, 영혼이 없으면 영감이라도 주세요

수염이 긴 영감이나 모자가 근사한 영감 말이에요

이젠 빵 뜯는 것도 지겨워서 그래요

빵 대신 거울 대신

문장을 수리할 영감靈感이 필요하다구요

—「마리 앙투아네트」 부분

　단두대에서 비운에 간 프랑스혁명의 희생양 마리 앙투아
네트를 생각해도 인간에게 중요한 것은 '영감'이다. 문장을
수리할 영감, 즉 인스피레이션Inspiration은 시인에게 나타
난 신의 영묘한 감응이다. 신의 계시를 받는 것 같은 느낌
이다. 창조적인 일을 하는 계기가 되는, 새로운 언어의 착
상이나 자극을 찾아 헤매는 나그네, 그 사람의 이름은 고경
옥이다. 등단한 지 어언 12년째, 세 번째 시집을 내면서 생
의 이정표 아래 서 있는 시인이 다시 또 어느 길로 갈지 몹
시 궁금하다.